Eduardo Navarro Gonzalvo

Buscando primos: juguete cómico en un acto y en verso

Antigonos

Eduardo Navarro Gonzalvo

Buscando primos: juguete cómico en un acto y en verso

Reimpresión del original, primera publicación en 1880.

1ª edición 2024 | ISBN: 978-3-38690-700-2

Antigonos Verlag es un sello de la Outlook Verlagsgesellschaft mbH.

Verlag (Editorial): Outlook Verlag GmbH, Zeilweg 44, 60439 Frankfurt, Deutschland
Vertretungsberechtigt (Representante autorizado): E. Roepke, Zeilweg 44, 60439 Frankfurt, Deutschland
Druck (Imprenta): Libri Plureos GmbH, Friedensallee 273, 22763 Hamburg, Deutschland

EL TEATRO.

COLECCION DE OBRAS DRAMÁTICAS Y LÍRICAS.

BUSCANDO

PRIMOS,

JUGUETE CÓMICO

EN UN ACTO Y EN VERSO,

ORIGINAL DE

EDUARDO NAVARRO GONZALVO.

SECUNDA EDICION.

MADRID.

HIJOS DE A. GULLON, EDITORES.

OFICINAS: POZAS—2—2.º

1880.

BUSCANDO PRIMOS,

JUGUETE CÓMICO

EN UN ACTO Y EN VERSO,

EDUARDO NAVARRO GONZALVO.

Estrenado con extraordinario aplauso en Madrid en el Teatro MARTIN
el 20 de Marzo de 1871.

SEGUNDA EDICION.

MADRID.

IMPRENTA DE JOSÉ RODRIGUEZ.—CALVARIO, 18.
1880.

PERSONAJES.	ACTORES.
DOÑA ROSA...................	D.ª Carlota Frendo.
ROSITA.	Rosalía del Castillo.
JUANITO.	D. Alberto Rodriguez.
DON JUAN....................	José Calvo.
DON TIBURCIO...............	Antonio Juncos.

La escena en Madrid.—Época actual.

ACTO ÚNICO.

Sala amueblada modestamente. Puerta al foro: idem late-
rales en primero y segundo término; una mesita pequeña.

ESCENA PRIMERA.

DOÑA ROSA, arreglando los muebles.

Lo dicho; no sube nadie.
Hace más de dos semanas
se columpia el cartelon
en el portal; pero nada,
los huéspedes se retraen:
¡es la escalera tan alta!
Piso cuarto... ¡y entresuelo!
en verdad, ¡no es una ganga!
mas no pido gollerías
ni personajes en casa.
Un escribiente modesto;
un estudiante en farmacia
que cure los panadizos
y entienda de cataplasmas;
un alguacil del juzgado
soltero y sin hijos... ¡vaya!
una persona decente

sin ser de mucha prosapia!
Pero nada, nadie sube,
y en verdad que estoy volada.
Gracias á que el buen don Juan
yá está seis meses en casa;
es empleado en Fomento
y me obsequia á la muchacha;
paga bien, y no trasnocha,
gasta poca luz y calla.
¡Cuándo entrará por mis puertas
otro don Juan!

JUANITO. (Al foro.)   ¡Ha de casa!

ESCENA II.

DOÑA ROSA, JUANITO, viste bastante mal; lleva en
la mano un cartel con una cintita.

JUANITO. ¡Señor, y qué laberinto
de puertas! (Pasea la sala.)
ROSA.   ¡Me deja boba!
JUANITO. ¿No alquila usted una alcoba?
(Lee.) «Piso cuarto,» cuarto quinto.
ROSA.   Sí señor.
JUANITO. (Mirándola.) ¡Es fashionable!
Me quedo con ella.
ROSA.   ¿Qué?
JUANITO. Me conviene.
ROSA.   ¡Pero usté!..,
Vamos... (Te merosa.)
JUANITO.   ¿No estoy presentable!
(Esta patrona es cerril.)
ROSA.   No es decir...
JUANITO.   (Bonito lance.)
Señora, ha sido un percance.
ROSA.   ¿Cómo?
JUANITO.   Del ferro-carril.
Descarriló el tren expres
entre Pinto y Valdemoro,
por interponerse un toro...
ROSA.   ¿Y hubo muertos?
JUANITO.   ¡Veinte y tres!

Mañana *La Cómpetente*
en estilo mondo y raso,
le contará á usté el fracaso
de una manera decente..
Por razon dé este desastre
me ve usted averiado.
(¡La vieja no es mal bocado!)

Rosa.   (¡Tiene trazas de pillastre!)
Siento ese lance...

Juanito.   No sienta...

Rosa.   (Le trataré con rigor.)

Juanito. (Habrá que hacerla el amor
ántes que pida la cuenta.)
Sufrió un empuje tan rudo
el coche en que yo venía,
que quedé sobre la vía
completamente desnudo.
Las señoras se asustaron
cuando en tal traje me vieron;
y por pudor me vistieron
con lo primero que hallaron.
Gracias que el fracaso fué
en un terreno habitado,
que si es en un despoblado
digo, ¡figúrese usted!

Rosa.   ¡Ahora comprendo ese traje!

Juanito. Hazañas son del expreés.
¡Ya me verá usté despues
cuando llegue el equipaje!
Mi papá fué director
y jefe de negociado:
tengo un tio diputado
y un cuñado embajador.
Me llamo don Juan García,
tengo hacienda en Ultramar;
tengo... ¿Vamos á almorzar?

Rosa.   Voy al punto. (¡Quién diría!)

Juanito. Yo soy muy rico.

Rosa.   Me alegro.
(¡Si son sus noticias fieles!...)

Juanito. Aquí traigo los papeles,
lea usté. (Saca unos papeles de la cartera.)

Rosa.   ¡Me estorba lo negro!
Juanito. Señora, lo siento mucho.
         ¿Cuántos huéspedes?...
Rosa.   (¡Qué afan!)
         Uno tan sólo; don Juan
         García.
Juanito.   ¡Eh! ¿qué escucho?
         ¿Conque hay otro señorito
         García?
Rosa.   Sí, no se asombre.
Juanito. Bueno, por variar el nombre
         me llamará usté... Juanito.
         Eso á cualquiera le pasa;
         es cosa muy natural...
Rosa.   Un nombre tan usual...
Juanito. ¿Y quién más hay en la casa?
Rosa.   Rosita, que era doncella,
         —aunque ahora ya no lo es—
         de la nieta de un marqués.
         Es mi sobrina.
Juanito.   ¿Y es bella?
Rosa.   Á don Juan le hizo tilin,
         no le haga usté carantoñas,.
         que la regaló dos moñas
         y la quiere con buen fin.
Juanito. Descuide usted.
Rosa.   ¡Es divina!
Juanito. ¿Y el almuerzo?
Rosa.   ¡Qué cabeza!
         Lo serviré con presteza,
         voy volando á la cocina. (Váse.)

ESCENA III.

JUANITO, á poco ROSITA.

Juanito. ¡Hombre, qué casualidad!
         ¡Amores, paz, ilusiones!
         ¡Explotemos las pasiones
         de la pobre humanidad!
         Parecen gentes sencillas...

me ha tratado sin recelo...
¡Calle, llovidas del cielo
vienen estas zapatillas.
(Se quita las botas y se pone unas babuchas que
habrá debajo de una silla á la puerta del cuarto
de D. Juan.)

ROSITA. (Con un chocolate. Llama á la puerta del cuarto
de D. Juan y deja el chocolate sobre la mesa.)
¡Don Juan!

JUANITO. (Al verla.) ¡Ole!

ROSITA. ¡El chocolate.

JUANITO. ¿Usté será?...

ROSITA. ¡La sobrina!...

JUANITO. Vaya una cara divina,
y un cuerpo...

ROSITA. (Yéndose.) (¡Qué botarate!)

ESCENA IV.

JUANITO; á poco D. JUAN.

JUANITO. Se marcha de un modo brusco;
¡y es una chica hasta allí!
(Transicion.) ¡Pues señor, ya que está aquí,
probemos el soconusco!
(Se sienta y toma el chocolate. D. Juan sale de
su cuarto y se acerca á él admirado.)

JUAN. (¡No sé cómo no le parto!)
Buenos dias.

JUANITO. ¡Caballero!...
Usté será el compañero...

JUAN. ¿El compañero?

JUANITO. De cuarto.

JUAN. No sé que tengamos puntos
de contacto, y esas bromas...
(Señala la jícara.)

JUANITO. Hombre, qué puntos ni comas;
digo que vivimos juntos.
Soy desgraciado, don Juan,
desde una edad muy temprana,
y aunque vestido de lana...

JUAN.   No acabe usted el refran.

JUANITO.   Mi corazon no se abate
ni el rudo pesar le doma.

JUAN.   Es muy posible. (¡Y se toma
tan serio mi chocolate!)

JUANITO.   Yo voy de la suerte en pos,
don Juan.

JUAN.   ¿Sabe usté mi nombre?

JUANITO.   ¡Y del hecho no se asombre,
somos tocayos los dos!

JUAN.   ¿De veras? (Estoy lucido.)
¿Conque Juan?

JUANITO.   Más todavía.

JUAN.   ¿Más aún?

JUANITO.   Yo soy García.

JUAN.   ¡Conque tambien de apellido!

JUANITO.   Sostengo terribles luchas
con este nombre, don Juan!

JUAN.   ¡Lo creo! (¡Bravo! él truhán
se ha calzado mis babuchas.
¡Tiene trazas de gandul!)···

JUANITO.   (¡Es bonachon sin segundo!)

JUAN.   (Con intencion y poniéndole la mano sobre el hombro.)
¿Usted tendrá mundo?

JUANITO.   (Con mucha naturalidad.) ¿Mundo?
No señor; tengo baul.

ESCENA V.

DICHOS, DOÑA ROSA, con un pantalon negro en la mano.

ROSA.   Señores...

JUANITO.   ¿Quién anda ahí?

ROSA.   Al señor don Juan García,
un pantalón. (Presentándole.)
(D. Juan va á cogerlo. Juanito se adelanta y lo coge.)

JUAN.   (¡Osadía!)

JUANITO.   ¡Dispense usté, es para mí!

JUAN.   Tengo encargado uno negro.
           (Me saca de mis casillas.)
JUANITO. ¿De veras?
JUAN.   ¡Y con trabillas!
JUANITO. ¿Igual á este? me alegro.
           (Se vuelve de espaldas al público y se pone el
           pantalon.)
JUAN.   ¿Le pone usted?
JUANITO.   Sí señor.
JUAN.   ¿Ahora mismo?
JUANITO.   Sin demora.
ROSA.   ¿Delante de una señora?...
           ¡Ay jóven, tengo un rubor!...
           (Tapándose la cara con las manos.)
JUAN.   (¡Aquí va á haber un desastre!)
JUANITO. ¡Pintado!
JUAN.   ¡Dios de Israel!
ROSA.   (Á D. Juan.) Tome usted ese papel
           que tambien me dejó el sastre.
           (D. Juan examina la cuenta y la pasa á Juanito,
           éste la rechaza.)
JUANITO. ¡Yo el pantalon ya pagué!
ROSA.   (¿Será posible que mienta?)
JUAN.   ¿Pues entónces esta cuenta?...
JUANITO. ¡Está claro, es la de usté!
JUAN.   No comprendo la razon;
           si el pantalon...
JUANITO.   ¡Qué locura!
           le trajo á usted la factura,
           ahora falta el pantalon.
JUAN.   (Reflexiona un instante, despues se guarda la fac-
           tura, toma el sombrero y se dirige á la puerta.)
           (Yéndose.) (Por lo resuelto y lo franco
           me va gustando el chiquillo.)
JUANITO. Don Juan, ¿me da usté un pitillo?
JUAN.   (Presentándole la petaca llena.)
           Coja usté dos.
JUANITO. (Cogiendo un puñado de seis ú ocho.)
                      ¡Buen estanco!
           (Váse D. Juan.)

ESCENA VI.

DOÑA ROSA, JUANITO.

JUANITO. (Se marcha: comienzo el lío;
me muero por un belen.)
Hondo pesar, doña Rosa,
siento en el alma.

ROSA.   ¿Por qué?

JUANITO. ¿Es ese, señora, el novio
de su sobrina de usté?

ROSA.   El mismo, ¿usté le conoce?

JUANITO. ¡Pues no le he de conocer!
¡Pobre Rosa! ¡Desgraciada
si llega á unirse con él!

ROSA.   Don Juanito de mi alma...

JUANITO. ¡Es atroz, es Lucifer!
Está usté siendo la víctima.

ROSA.   ¿Cómo?

JUANITO.   ¡Del hado cruel!
de un engaño tremebundo,
de una falsedad soez.

ROSA.   ¡Juanito, por Santa Clara!

JUANITO. ¡Ay doña Rosa!

ROSA.   Hable usté.

JUANITO. ¿Sabe usted en este mundo
simpatía lo que es?
es un sentimiento bello,
es...

ROSA.   ¡Me lo figuro!

JUANITO.   ¡Bien!

ROSA.   Al grano, don Juan, al grano.

JUANITO. Doña Rosa... sepa usted,
tenga usted por entendido...
¡Pero me lo callo!

ROSA.   (Ansiosa.)   ¿El qué?

JUANITO. ¡Aquí tengo un pozo! (En el pecho.)

ROSA.   ¡Ahí!

JUANITO. Este pecho es guarda fiel
de secretos pavorosos
que nunca revelaré!

Rosa. ¡Por las ánimas benditas,
no me haga usted padecer!
Juanito. ¡Ah, pobre Rosa inocente
que el ábrego...
Rosa.   ¿El abrequé?
¡Perfila usted unos tróminos!...
Juanito. ¡Hablo en metáfora!...
Rosa.   ¡Bien!
Juanito. ¡En hipérbole!
Rosa.   Provecho.
(¡Este para en Leganés!)
Juanito. ¡Don Juan, el feroz don Juan,
vertió con frases de miel
negra ponzoña en el cáliz
de una rosa, que al nacer
llenó con su dulce aroma
de perfumes el verjel.
Rosa. ¡Ó habla usted en castellano
ó no lo entiendo!
Juanito.   ¡Mujer!
¡Hablo en metáfora!
Rosa.   ¿Otra!
Y dígame usted, ¿con qué
se come eso?
Juanito.   ¡Señora!
Rosa. ¿Con tenedor?
Juanito.   ¡Por Luzbel!
Oiga usted; yo en mala prosa,
todo el asunto diré.
Don Juan engaña á la chica
porque quiere á otra mujer,
con la cual piensa casarse
á mediados de este mes,
que tiene casa de préstamos
en la calle del Clavel,
y una casa en Alcobendas,
y muchísimo... (Señal de dinero.)
Rosa.   ¡Ah, cruel!
Juanito. Yo se lo diré á la Rosa
con mucho sigilo.
Rosa.   Bien.
Juanito. ¡Como soy tan reservado!

Rosa.   ¡Ya se le conoce á usted!
Juanito.   Pero me duele en el alma,
           lo cual es mucho doler,
           que una niña candorosa
           crea artículos de fé,
           palabras falsas y... etcétera...
Rosa.   ¡Muchas gracias!
Juanito.   ¡No hay de qué!
           Ántes que el lobo, que es fiera
           difícil de contener,
           á la cordera inocente
           tienda mañoso la red,
           yo que tengo simpatías,
           y algo más.
Rosa.   ¡Me lo pensé!
           Pues él parece un muchacho
           juicioso.
Juanito.   Sí que lo es.
Rosa.   Paga bien, y sin atraso;
           no es gruñon ni descortés,
           y en fin, ¡gasta poco aceite
           y se retira á las diez!
Juanito.   ¡Ay, señora, hipocresía!
Rosa.   ¡Casi no acierto á creer!...
Juanito.   ¡Bien, usted las consecuencias
           tendrá que tocar despues!
Rosa.   Don Juan, yo nó toco nada,
           y en semejante belen
           la chica sola...
Juanito.   Comprendo,
           pero yo la advertiré;
           usted tambien por su parte
           procure con interés
           disuadirla.
Rosa.   Es consiguiente.
Juanito.   ¡Pero mucho pulso!
Rosa.   ¡Pues!
           Ella saldrá, usté aprovecha
           la ocasion.
Juanito.   Yo la diré...
Rosa.   Corriente, don Juan; el clavo
           yo remacharé despues. (Yéndose.)

JUANITO. Oígame usted, doña Rosa...
ROSA. ¿Qué se ofrece?
JUANITO.   Deme usté
doce ó cotorce reales
para el mozo de cordel
que traerá los equipajes;
como me vine...
ROSA.   (Se los da.)   Bien, bien. (Váse.)

ESCENA VII.

JUANITO, á poco ROSITA.

JUANITO. ¡Prendió la mecha! Corriente;
se va á armar una jarana
que voy á salir de aquí
como de todas las casas.
Tiene este oficio unas quiebras
que no son para contadas.
Se necesita una suma
de talento y de audacia:
para ser un vividor
en regla. ¡Sombra sagrada
de Manguela, no abandones
á quien te invoca con ansia!
(Sale Rosita y le sorprende en su actitud cómica,
con las manos juntas y elevadas al cielo.)
ROSITA. ¡Caballero!...
JUANITO.   Señorita...
(¡Qué demonio, y es muy guapa!)
ROSITA. ¡Yo tengo un genio muy vivo!
JUANITO. Y un cuerpo con mucha gracia.
ROSITA. Acorte usted los cumplidos
y al asunto.
JUANITO.   Pero...
ROSITA.   Basta.
Mi tia, con reticencias
que no son para contadas,
poniendo la cara fosca
y la voz acampanada,
me ha dicho: «Sobrina mia,

vete corriendo á la sala;
allí el señor forastero
que recibí esta mañana.
tiene que hablarte en secreto.»
JUANITO. De cosas muy reservadas.
La tia no se ha atrevido
y me comisiona...
ROSITA.   ¡Vaya!
Si es una cosa tan grave,
hable usted en confianza.
Siempre será una tontuna.
JUANITO. No es tontuna ni bobada,
se trata de vuestro novio,
señorita, que os engaña.
ROSITA. ¡Já! ¡já! ¡já!... ¿y era eso!...
dispénseme usted. (Riéndose.)
JUANITO.   ¡Cómo, cáscaras!
Si usté á risa toma, Rosa,
mi declaracion tan rasa,
me voy á la córte rusa!
ROSITA. ¿Con chinelas?
JUANITO.   ¡Y con bata!
Sepa usted, aunque se ria,
que don Juan ya no la ama,
que está perdido por otra,
por otra que peina canas,
y que se pinta las cejas
y otras cosas...
ROSITA.   ¡Basta, basta!
¿Conque me vende el traidor?
¿Conque el perjuro me engaña?
¿Y quién es, quién, la rival
que su corazon me arranca?
¡Alguna de mis amigas!
La Isabelita ó la Clara,
la María, la Dolores,
la Carlota ó la Mariana;
la Teresa, la Eduvigis,
la Remedios ó la Amalia!
JUANITO. ¡Le he dicho á usté que es madura!
ROSITA. ¡Si está madura, que caiga!
Su nombre, su nombre pronto.

JUANITO. ¡Señora, tenga usté calma!
ROSITA. ¡Por los clavos de...
JUANITO.   ¡Paciencia!
            Quiere el tal á una beata,
            rugosa, vieja, sin dientes...
ROSITA. ¡Infame!
JUANITO.   Que tiene casa
            en la calle del Clavel...
ROSITA. ¡Del Clavel!
JUANITO.   Acreditada,
            de préstamos, sí señora;
            empeña ropas y alhajas
            y tiene otros mil negocios
            productivos...
ROSITA.   ¡Ah, tarasca!
            ¡Coqueta, necia, gazmoña,
            vieja verde, mojigata!
JUANITO. ¡Duro, duro, muy bien dicho!
ROSITA. Gracias, don Juan; muchas gracias.
JUANITO. No hay de qué. (¡Menudo lío!)
ROSITA. ¡Usté es noble! (Le da la mano.)
JUANITO.   ¡Y usté guapa!
ROSITA. Dentro de pocos minutos...
JUANITO. ¡Cachaza, niña, cachaza!...
            Con el traidor, mucho pulso,
            con la tia, usté se calla,
            y á la primera ocasion,
            —la ocasion la pintan calva.—
ROSITA. ¡Pues mi tia es la ocasion;
            que gasta peluca!
JUANITO.   ¡Cáscaras!
ROSITA. Yo despreciaré al infame;
            yo buscaré á la beata,
            y haré...
JUANITO.   Tenga usté juicio!
ROSITA. ¡Don Juan, don Juan!
JUANITO.   Mucha calma.
ROSITA. Adios; ¡menudo jaleo
            voy á armar! (Golpeando el suelo con el pié.)
JUANITO. (Con sorna.) ¿Usté lo baile?

ESCENA VIII.

JUANITO, D. JUAN.

JUAN.   ¡Señor García!...
JUANITO. (Saludando.)   ¡Don Juan!
JUAN.   De la oficina regreso
        cansado de no hacer nada.
JUANITO. ¿De veras? Eso es muy bueno.
        (Juanito durante estos versos, muda las botinas
        por las babuchas.)
JUAN.   Llegué; leí *El Imparcial*:
        luégo, *El Eco del Progreso*;
        La Igualdad, *El Cascabel*;
        puse á la firma un decreto,
        y aquí, paz y despues...
JUANITO.   ¡Nómina!
        ¡Que Dios salve al ministerio!,
        Pero hablando de otra cosa;
        usté, que es aquí más viejo,
        ya conocerá al amante
        de la Rosita.
JUAN.   (¿Qué es esto?)
        ¿Qué Rosa, señor García?
JUANITO. Bien claro está, me refiero
        á la bella sobrinita
        de doña Rosa, al escuerzo...
JUAN.   ¿Qué *escuerzo*, señor García?
JUANITO. Hombre, ¿se pone usté serio?
        ¿Usté le conoce?
JUAN.   ¡Un poco!
JUANITO. ¿De veras? Cuánto me alegro,
        yo tambien le he visto hoy.
JUAN.   ¿Sí, eh? ¡Cuénteme usted eso!
JUANITO. Estaba yo en el balcon
        cuando ha salido...
JUAN.   (¡Yo tiemblo!)
JUANITO. La Rosita presurosa
        provista de su pañuelo.
        Yo me retiré á la sala

         y observé.

JUAN.   ¡Bravo! bien hecho!

JUANITO. Un alférez de Cantabria,
por cierto bastante feo,
que estaba de centinela
en la esquina mucho tiempo,
apenas salió la niña
dió el consabido paseo
hasta que se puso á tiro.

JUAN.   ¡Si estoy yo aquí se lo pego!

JUANITO. Hízo una seña especial,
aquí contestó el pañuelo,
y entablaron un coloquio
supongo yo que muy tierno.

JUAN.   ¿Y usted no entendió?...

JUANITO.   ¡Ni jota,
porque hablaban con los dedos!

JUAN.   ¡Perjura, infame, coqueta! (Furioso.)

JUANITO. ¿De qué rabia usté?

JUAN.   ¡De celos!
¡No sabe usté que esa niña
era mi amor?

JUANITO.   ¡Dios eterno!
y yo bárbaro, que he dicho
sin saber... ¡don Juan!

JUAN.   ¡Silencio!
No diga usted á la infiel
que me ha contado el suceso;
tendré calma, quiero pruebas
y despues... despues la dejo.

JUANITO. Tiene usté dos mil razones.

JUAN. Gracias, y si en algo puedo... (La mano.)

JUANITO. ¡Oh, don Juan, no las merece,
y créame usted que siento...
¿Tiene usted cuatro pesetas
hasta mañana?

JUAN. (Dándoselas.)   Las tengo.

JUANITO. ¿Quiere usted un recibito?

JUAN. No tal; ni cobrarlas quiero.

JUANITO. Eso no.

JUAN.   Rosita sale. (Juanito va á salir.)
¿Se marcha usted?

Juanito.	¡Pronto vuelvo!
	(Las espaldas.) (Váse precipitadamente.)
Rosa.	(Saliendo.) ¡Buenos dias!
Juan.	¡Muy felices!
Rosita.	(¡El protervo!)

ESCENA IX.

D. JUAN, ROSITA, DOÑA ROSA.

D. Juan sentado junto á la mesa, finge leer un periódico, Rosita en el extremo del teatro, se sienta á coser; ambos se vuelven la espalda. Doña Rosa, al fondo del teatro contempla á los dos, y de vez en cuándo sacude con el plumero los muebles y las paredes como pretexto para estar allí.

Juan.	(¡La infiel no me mira!)
Rosita.	(¡El falso se calla!)
Rosa.	¡Jesús cuánto polvo (Sacudiendo.)
	que tiene esta sala!
Juan.	¡Rosita! (Se levanta.)
Rosita.	¡Juanito! (Id.)
Juan.	¿Qué dices?
Rosita.	¡Yo, nada!
Juan.	Repito. (Se sienta.)
Rosita.	¡Me alegro! (Id.)
	(¡Perjuro!)
Juan.	(¡Traviata!)
Rosa.	(¡Ya va la marea
	subiendo en la playa!)
Rosita.	(Levantándose y yendo á él.)
	¡Hay pollos, Juanito,
	que fingen y engañan,
	amores mintiendo
	con tiernas palabras! (Se sienta.)
Juan.	(Levantándose y repitiendo el juego.)
	¡Hay niñas coquetas
	de dulces miradas,
	que mienten amores
	con miras bastardas! (Se sienta.)
Rosa.	(¡El cielo se cubre;

tendremos borrasca!)

(Pausa breve. Rosita se levanta de pronto y va
furiosa hácia D. Juan, este se levanta, la encuen-
tra en mitad del camino y bajan ambos al prosce-
nio; Doña Rosa les imita y está toda la escena de-
trás de ellos.)

ROSITA. ¿Recuerda usted caballero
el ardiente frenesí
con que mi amor mendigaba
en otro tiempo feliz?
¡Palabras dulces y tiernas
que yo insensata creí!
¡Qué pronto sus juramentos
.olvidó!

JUAN.   ¿Conque es decir?...
que usted se pone la venda,
y yo soy...

ROSITA.   ¡Alma ruin!
Aun conservo tus papeles.

JUAN. ¿Pero?...

ROSITA.   ¡Firmados por tí,
míralos!

(Mostrando una carta que saca del bolsillo.)

JUAN.   ¡Si no lo niego!

ROSITA. ¡Míralos!

JUAN.   ¡Voto á Cain!
¡Señorita, por San Cosme!

ROSITA. ¡Oye! (Queriendo leer.)

JUAN.   ¡Por las once mil!

ROSA. Déjela usted que la lea.

JUAN. Y á usted, ¿quién la mete aquí
en camisa de once varas?

ROSA. ¡Y me insulta el zascandil!

JUAN. ¡Si se apura mi paciencia,
va á haber la de San Quintin!

ROSITA. Oye esta carta, perjuro,
que me escribiste en Abril
y me diste en el Retiro,
con un ramo de jazmin.
(Lee.) «Rosa, tus ojos de cielo,
ese bonito perfil,
esas trenzas de azabache,

esos labios de zafir,
esa frente nacarada
y esos dientes de marfil,
¡me sacan de mis casillas!
¡me están haciendo tilin!
Rosa, si tú no me quieres
seré por siempre infeliz,
y haré un disparate gordo
que sonará por ahí!
Si tú, fiera me desdeñas,
cometeré algun desliz.
Ámame porque te adoro.
¡Rosa mia, querubin!...
¡ó voy á pegarme un tiro
de mi vida en el Abril!"
Me quita el sueño tu frente,
me entusiasma tu nariz,
y me arroba la sonrisa
de tus labios de rubí!
Y voy á morir de rabia,
que es una muerte febril,
si no me das cariñosa
de tu dulce boca ¡un sí!...
Juan García »(Mostrándole la firma.)

JUAN.   ¡No lo niego!

ROSITA.   ¡Yo mirándote sufrir,
bien sabes, que compasiva
lo que aquí pidés te dí!

JUAN.   Repito que no lo niego
ni me arrepiento.

ROSA.   ¿Es decir
que haces befa dé nosotras?

ROSITA... ¿Qué, te burlas? ¡Hombre vil!

JUAN.   ¡Esta mujer está loca!

ROSA.   ¿Loca yo? ¡por San Dionis!

ROSITA. ¡Perjuro, falso!

JUAN.   ¡Señora!
¡que no me grite usted á mí!
Grítele usted al alférez
si es hombre para sufrir
arrebatos de esa...

ROSA.   ¡Calle

          el deslenguado!
Juan.   ¿Esto á mí?
Rosita. Cásese usted con la vieja
         que tiene maravedís.
Juan.   ¿Qué vieja?
Rosita.   ¡La prestamista!
Juan.   Basta; cónozco el ardiz:
         ántes que cuentas te pida
         de tu condúcta ruin,
         ántes que yo te recuerde
         á cierto chisgarabís,—
         —á quien romperé el bautismo
         si le encuentro por Madrid. —
         me pides celos, te énfadas,
         pero al fin te conocí.
         ¡Coqueta, falsa, perjura!
         ¡Tonta!
Rosa.   ¡Don Júan, alto ahí!
         ¡Despues de lo que ha pasado
         no tarde usted en salir
         de esta casa que profaña!
Juan.   ¿Y qué mé cuenta usté á mí?
         Como pago adelantado,
         he resuelto estar aquí
         hasta el qúince del que viéne.
Rosa.   ¿Con lo que acaba de oir?
Juan.   Señora, yo soy muy bueno,
         pero soy muy incivil
         en ocasionès. ¿Estamos?
Rosa.   (¡Esto toma mal cariz!)
Juan.   No he de perder los garbanzos,
         la ensalada ni el buding,
         tras de perder el cariño
         de la Rosita... ¡á vivir!
         Sírvame usted la comida
         al punto.
Rosita.   ¡Huesped al fin!
         ¡Vamos, tia, vamos dentro;
         salgamos pronto de aquí!
         ¡Monstruo, falsario!
Juan.   ¡Señora!
Rosita. ¡Rompes el lazo feliz

que doraba mi existencia
con su encanto juvenil!

JUAN. ¡Expresiones al alférez
y un recuerdo al espadin!

ROSITA. ¡Permita Dios que la vieja
te arañe!

JUAN. (Furioso.) ¡Voto á cien mil!
(Al grito de D. Juan, las dos mujeres salen corriendo asustadas: en seguida vuelve á entrar Doña Rosa y encuentra á D. Juan en la misma actitud.)

ROSA. (Con mucha gravedad.)
¿Qué quiere usté de principio?

JUAN. (Imitándola) ¡Una perdiz en salmí?
(Váse Doña Rosa.)

ESCENA X.

D. JUAN, á poco JUANITO.

JUAN. ¿Quién en la mujer hoy dia
su dicha cifra completa?
¿Quién ve en ella su alegría,
si de jóven es coqueta?
¡Si de vieja es una arpía!

JUANITO. ¡Dios guarde al señor don Juan!

JUAN. Felices.

JUANITO. (¡Qué campechano!)

JUAN. ¿Hombre, usted es provinciano?

JUANITO. No señor, de San Millan.
Mi cuna es de las mejores,
que yo no soy un cualquiera,
y he nacido en la ribera...

JUAN. ¿Del rio?

JUANITO. ¡De Curtidores!

JUAN. ¡Hola! ¿Y usted es casado?

JUANITO. (Ya me va cargando esto.)
No señor, de estado honesto.

JUAN. ¡Es un magnífico estado!
¿Usté nunca se enamora?

JUANITO. ¡Formalmente, no señor,
como conozco el amor,

le trato siempre á deshora!
JUAN.   Amor es...
JUANITO. (Interrumpiéndole.) Un bicho raro;
           quejumbroso, ciego, loco,
           animal que vale poco
           y suele costar muy caro:
           es avariento y gloton,
           su voracidad espanta:
           ¡con frecuencia se atraganta
           y muere de indigestion!
JUAN.   Bien, mas no comprendo cómo
           usted el hogar concilia;
           ¿de la familia?...
JUANITO.   La familia,
           la tengo toda en un tomo.
           Por temor al parecer,
           viviendo solo, me alegro.
           ¡Yo soy mi suegra, mi suegro,
           mis hijos y mi mujer!
JUAN.   Hombre, me parece un sueño;
           ¿pero usté tendrá?...
JUANITO.   Reveses,
           pesares, callos, ingleses
           y papeletas de empeño.
           Sigo del vicio la rampa,
           el no tener es mi escollo,
           y surco el mar del embrollo
           con el bajel de la trampa.
           En fin, soy una epidemia
           que ando asolando las calles.
           Oiga usted unos detalles
           de mi existencia bohemia.
           Por conducto de la hermana
           de un director del Museo,
           pude alcanzar un empleo
           ¡y fuí vista de aduana!
           Al fraude seguí la pista
           con un empeño constante,
           y me dejaron cesante,
           ¡porque era corto de vista!
           Renegué de los galopos,
           me dió el presupuesto hipos,

y traté como otros tipos
de vivir sobre los topos.
Supe explotar un buen traje,
me hice una córte de ingleses,
¡y en ciento catorce meses
no he pagado pupilaje!

JUAN. ¿No paga usted?...

JUANITO.   De intencion.

Examino á la patrona,
si la patrona es jamona
me muero por el jamon.
Si es jóven, con tierno arrullo
la pinto un cielo de amores,
y la comparo á las flores
en estado de capullo.
Si es casada, el utensilio
del marido me incomoda,
si está reciente la boda
me mudo de domicilio.
Respeto la santidad
de un lazo que tantos huyen,
y las viudas constituyen
mi grande especialidad.
Allí, sin que nadie estalle,
de dulce calma disfruto:
¡dice un vestido de luto
tantas cosas por la calle!
¡Yo soy un Adam sin Eva!

JUAN. Le hará falta en ocasiones,

hay pequeñas atenciones...

JUANITO. Ninguna; vaya una prueba.

Aunque vivo en la molicie
tengo un cuidado especial
de mi arreglo personal.
Mi gaban, tuve *calvicie*.
Perdió el pelo, y sacó motas,
yo le froté con anhelo,
y le hice crecer el pelo
¡con aceite de bellotas!
Quedó flamante, á la vista,
y así encubriendo sus años,
le llevé á tomar los baños

á casa de un prestamista.
El usurero al momento
calóse gafas y gorro,
miró las mangas y el forro
y dijo con ronco acento:
«Tal vez el color se borre
y esto se pique, don Juan.»
Yo contesté: «¡Mi gaban
ni se pica ni se corre!»
Ante tal afirmacion,
«está bien» dijo el judío;
le numeró, le hizo un lío,
¡y me dió un napoleon!
Un año va trascurrido
que al panteon ha bajado,
(Cómicamente trágico.)
¡No sé si se habrá picado!
¡No sé si se habrá corrido!
(Pausa brevísima.)
En fin, yo trato á mis anchas
á Pellico, en ocasiones.

JUAN.   ¿Al autor de «Mis prisiones?»
JUANITO.   ¡No señor; al quita-manchas!
             (Suena la campanilla. Doña Rosa atraviesa el tea-
             tro y sale por el foro, suponiendo que va á abrir
             para anunciar luégo á D. Tiburcio.)
JUAN.   ¿Y es usté feliz? (Con intencion.)
JUANITO.   (Algo preocupado.) No lo sé...
             sufro disgustos muy hartos...
             (Transicion rápida.)
             ¿Tiene usté catorce cuartos
             que voy á tomar café?

ESCENA XI.

DICHOS, D. TIBURCIO, DOÑA ROSA, le anuncia
y sale en seguida. D. TIBURCIO vestirá completamente
de negro.

ROSA.   (Indicando D. Juan á D. Tiburcio)
             El señor. (Váse.)
TIB.   ¿Don Juan García?

Juan.   (Indicando á Juanito.)
           El señor.
Juanito.   (Señalando á D. Juan.) El caballero.
Juan.   (Debe ser algun inglés
           cuando el tuno me echa el perro.)
Tib.   (Con soflama.) ¿El señor don Juan García?
Juan.   ¡Aquel!
Juanito.   ¡Aquel!
Tib.   ¡Acabemos!
           ¿Es esto juego de chicos?
Juan.   Dispense usté...
Tib.   ¡Caballeros!
           ¿Se burla así á un escribano?
Juan.   (¿Qué tal?) (Escamado.)
Juanito.   (Enredo tenemos.)
Juan.   (Muy grave.)
           He dicho á usted y repito,
           á riesgo de ser molesto,
           que ese señor que usté busca
           es aquel.
Juanito.   Y yo sostengo
           á riesgo de ser pesado
           que es aquel ese sujeto.
Juan.   ¡Tengamos la fiesta en paz!
Tib   No hay nada perdido en esto.
           En la duda, por el pronto,
           yo, que por leal me tengo,
           me vuelvo otra vez á casa.
Juanito.   Corriente.
Juan.   Abur.
Tib.   Pero siento
           tener que dar á un extraño
           los tres mil duros que llevo,
           por no encontrar al don Juan.
Juanito.   ¿Qué dice usted?
Juan.   (¿Será cierto?)
Tib.   Es un legado, una herencia
           que le remiten de lejos...
Juan.   ¿Y usted es?
Tib.   El escribano
           de la...
Juanito.   (Ofrece silla) Tome usted asiento.

JUAN. Yo soy el don Juan García.

TIB. ¡Caballero!

JUAN. ¿Quién ha muerto?

TIB. La señora doña Angustias
       García de Cerecedo.

JUAN. ¡Mi tia!

JUANITO. (Explosion.) ¡Tia del alma!

TIB. ¡Murió en Oran!

JUAN. ¡Dios eterno!

JUANITO. ¿Y me lega tres mil duros
          al morir? ¡Grato recuerdo!

JUAN. ¿Trata usté hacer de la herencia
       otros pantalones negros?

JUANITO. Sí señor, me pondré luto.

JUAN. ¿Es chanza?

JUANITO. Lo digo serio.

JUAN. Yo soy el don Juan García.

JUANITO. Yo tambien; mis documentos...

JUAN. La tia de que se trata,
       casó con un confitero
       catalan, llamado Lucas.

JUANITO. Sí señor, sí; lo recuerdo.
          ¡Y qué pasteles hacía!

JUAN. (¡Le voy á romper un hueso!)

JUANITO. ¿Y de qué murió la pobre?

TIB. De un mal terrible.

JUANITO. Lo siento.

TIB. ¡La mordió un perro rabioso
      en la canícula!

JUANITO. ¡Cielos!

JUAN. Un mordisco en la canícula,
       ¡es extraño!

JUANITO. Caballero,
          no profane con sus burlas
          mi afliccion, mi sentimiento.
          ¡Pobre tia, doña Angustias!
          ¡Pobre tia! (Llorando.)

JUAN. ¡Qué mastuerzo!
       No llore usté, voto á sanes;
       esa señora que ha muerto
       no tuvo con usted nunca
       relacion ni parentesco.

Tib.   ¿Pues quién es don Juan?
Juan y Juanito.   ¡Yo!
Tib.   ¿Cómo, señores? ¡qué es esto!
          Ántes ninguno quería;
          ahora ya los dos queremos.
          Pues advierto por si acaso
          con referencia al dinero,
          que no entrego los tres mil
          sin saber á quién lo entrego.
Juan.   Es que soy...
Tib.   Judicialmente
          lo probará usted.
Juan.   (Asustado.)   ¡Un pleito!
Juanito. Dice muy bien el señor.
Juan.   ¡Caballero!
Juanito.   ¡Pleitearemos!
Juan.   ¡Se lo comerá la curia!
Tib.   Es probable.
Juanito.   ¡Yo lo siento!
Juan.   (Asaltado por una idea y llevando á parte
          á Juanito.)
          ¡Transijamos!...
Juanito.   En seguida.
Juan.   Puedo probar sin esfuerzo,
          que soy realmente el sobrino
          de la difunta.
Juanito.   Nõ niego...
Juan.   Pero por mirarme libre
          de citaciones y enredos,
          le doy á usted mil reales...
Juanito. (Sin dejarle acabar y muy rápido.)
          Si me da usted mil doscientos
          pruebo al punto que es usted
          con todos mis documentos,
          descubriéndole ademas
          un importante secreto.
Juan.   ¡Dados!
Juanito.   Llame usted á la Rósa.
Tib.   ¿Conque?...
Juan.   Espere usted un momento.
          (Llamando.) ¡Rosa! ¡Rosa!

ESCENA ULTIMA.

TODOS.

Rosa.   ¡Cuántas veces!
Juan.   Llamo á usted porque lo manda
el señor.
Rosita.   ¿Y qué nos quiere?
Juanito. Decir la verdad muy clara.
(Á Rosita.) Ni don Juan quiso á una vieja
como usted se figuraba,
ni por cariño á los cuartos
su tierna pasion trocara!
(Á D. Juan.) Ni Rosa, niña inocente
y á mis palabras extraña,
olvidó á su amado Juan
por el alférez de marras!
(Á D. Tiburcio.) Ni yo soy don Juan García,
como aquí se me llamaba,
ni tengo opcion á los cuartos
de esa señora finada!
(Á Doña Rosa.) Yo me llamo Cárlos Lopez,
los ingleses me maltratan,
y mudo nombres y clases
tres veces á la semana!
Yo soy un tipo, señores,
que en la sociedad naufraga,
yo soy...
(Á D. Juan.) Déme usted esos cuartos
que me mudo de esta casa,
y del barrio, y del distrito,
y de Madrid, y de España!
Rosa.   ¿Luégo lo del tren?
Juanito.   Mentira.
Rosita.   ¿Lo de la vieja?...
Juanito.   Patraña.   } (Rápido.)
Juan.   ¿Lo del alférez?...
Juanito.   Embuste.
Tib.   ¿Lo del nombre?...
Juanito.   Patarata.
Juan.   (Dándole unos billetes.)

¡Tome usté los mil doscientos...
y la puerta!

JUANITO. (Tomándolo.) ¡Muchas gracias!
(Se marcha: llega al foro y baja otra vez al pros-
cenio dirigiéndose al público.)
Me marcho... más ántes quiero
de palmadas oir el son,
¡ó pido á ustedes dinero
ántes que caiga el telon!
(Telon rápido.)

FIN DEL JUGUETE.

OBRAS DEL MISMO AUTOR.

HABLE USTED CLARO, en 1 acto y en verso.
TUTE DE REYES, en 1 id. id.
ABAJO LAS QUINTAS (1), en 1 id. id.
MACARRONINI I (2), en 1 id. id.
QUIERO CASARME, en 1 id. id.
BUSCANDO UNA SURIPANTA, en 1 id. id.
NADAR ENTRE DOS AGUAS, en 1 id. id.
¡EN EL DIARIO OFICIAL! en 1 id. id.
UN HIJO DEL CORAZON, en 1 id. id.
BUSCANDO PRIMOS, en 1 id. id.

---

(1)   En colaboracion con D. A. M. Velazquez.
(2)   Prohibida y secuestrada la edicion.

TÍTULOS.	Actos.	AUTORES.	Prop. que corresponde
ZARZUELAS.			
Chanteuse par amour....	1	Sres. Paul y Cenrión...	M.
Heloise et Abelard....................	1	D. H. Litolff...............	M.
La mejor venganza.·...................	1	Sres. Ruesga, Prieto, y Espino........	L. y ½ M.
La chamor du primtems..............	1	D. Robert·Planquette..	M.
La jeunesse de Beranger..............	1	Robert Planquette..	M.
La saint Nicolás!...................	1	Robert Planquette...	M.
Le chevalier Gaston....................	1	Sres. Veron y Planquette	L. y M.
Les Rendez vous galants..............	1	D. Robert Planquette..	M.
Memnon....................	1	C. Grisart............	M.
Paille d'avoine.	1	Robert Planquette..	M.
L'amour et son carquois.............	2	Ch. Lecocq.	M.
La Boite de Pandore..................	3	H. Litolff.	M.
Les noces de Fernande................	3	Louis Deffes.........	M.
Les voltigeurs de la 32me..............	3	Sres. Gondinet, Duval y Planquette........	L. y M.
Niniche....................	3	Marius Bouliard....	M.
La fiancée du roi de Garbe..........	4	H. Litolff............	M.

PUNTOS DE VENTA.

MADRID.

En las librerías de los *Sres. Viuda é Hijos de Cuesta*, calle de Carretas, núm. 9; de *D. Fernando Fé*, Carrera de San Jerónimo, núm. 2; de *D. M. Murillo*, calle de Alcalá, número 7, y de *D. Manuel Rosado*, Puerta del Sol, núm. 9.

PROVINCIAS Y ULTRAMAR.

En casa de los Corresponsales de esta Galeria.

PORTUGAL.

Agencia de *D. Miguel Mora*, Rua do Arsenal, núm. 94.—Lisboa.

FRANCIA.

Librería de *Mr. E. Denné.*—15 Rue Monsigny, Paris.

Pueden tambien hacerse los pedidos de ejemplares directamente á los EDITORES, acompañando su importe en sellos de franqueo ó libranzas, sin cuyo requisito no serán servidos.